Oplepo

Le confessioni di italiano
Peccati di lingua

Biblioteca Oplepiana

N. 32

 http://www.inriga.it

 info@inriga.it

 https://it-it.facebook.com/inrigaedizioni/

 https://twitter.com/inrigaedizioni

 https://www.linkedin.com/company/in-riga-edizioni-e-literary-agency

a Sal Kierkia,
che ha sempre peccato di intelligenza, eleganza e allegria;
e che confessò sempre, apertamente, di giocare.

Niente da confessare? Che peccato!

Chi più, chi meno, ciascuno ha sempre qualcosa da confessare, e anche gli oplepiani non sfuggono a questa regola di vita.

Certo nel loro caso non si tratterà di peccati mortali, veniali o capitali, al più potranno essere originali…: più verosimilmente potranno essere peccati di lingua, peccati linguistici, insomma, in quanto legati all'uso della lingua, parlata o scritta che sia.

Gli oplepiani sono ben felici di riconoscere i propri peccatucci linguistici che per tutti loro costituiscono una sorta di *dna* letterario. O comunque una leggera manìa distintiva.

Poi, però, a pensarci sù, quelli oplepiani sono peccati per modo di dire (proprio così), non comportano un senso di colpa. Al contrario: dalla struttura delle loro bislacche confessioni s'intuisce che il senso, se ha una colpa, è solo quella di prendersi gioco delle parole, di scombinare il ruolo cui esse assolvono (amen!) di intermediarie della comunicazione.

E tutto finisce lì, disponendo una penitenza che si riscatta di nuovo in uno slittamento ricreativo del linguaggio.

In questo senso le confessioni oplepiane sono più che altro delle sconfessioni poiché smentiscono che il linguaggio sia solo uno strumento per dire «Un caffè macchiato, grazie», e non anche «Le idee verdi senza colore dormono furiosamente».

Elena Addòmine

Imperdonabile

– Buongiorno Padre.
– *Buon giorno figliola. La sua voce mi è nuova: è da molto
che non si confessa?*
– Oh, parecchio…
– *Come mai?*
– L'*elencatio peccatorum*! Occorrerà ancora ricordare: io
odio dichiarare incertezze, zizzole, imbarazzanti ossessioni,
narcisismi…
– *Figliola cara, lei mi sembra una pecorella smarrita. Apra
il suo cuore al divino perdòno: io l'ascolto.*
– Aprirmi… Rispettosamente, io, esimio terapeuta teologo,
occulto carenze affettive, ridicoli innamoramenti, odî, controversie, ammaliamenti, affascinamenti e dolorose oppressioni, al riparo da occhi scrutatori.
– *Figliola, tutti vogliamo nascondere le proprie debolezze:
la discrezione non è peccato.*
– Ah, non giudico unicamente i nostri esasperati tentativi
intimisti: attraverso costrizioni, rebus, omografie, sciarade,
"traduzioni", io – confesso – oscuro l'Elena leale.
– *Cara figliola, si spieghi meglio.*
– Ecco: giocando giocando, io dissimulo e licenzio l'agognata trasparenza. Avrei voluto ostentare lealtà, apertura,
rendendo evidenti gusti, opinioni; l'Elena peccaminosa è
recidiva!
– *Ma perché continuare nel demonico peccato? Cosa teme?*
– Temo (un timore timido, irrazionale) i giudizi: un sospetto
tronca il coraggio, ostacola risolutezza. Ora, non avendo
grande audacia, segrego teorie, riflessioni, occultandole…
nell'Oplepo!

– *Ah, ora capisco: sotterfugi letterari per mascherare codardia...*

– Meglio: incapacità cronica a scrivere impunemente riflessioni, esternazioni, nichilismi e franche affermazioni senza costantemente insabbiarle nell'alfabeto.

– *Anima benedetta: lei si sta perdendo nel diabolico oceano oplepiano! Dia luce alla spontaneità del suo cuore: si aggrappi alla zattera del divino flusso di coscienza!*

– Zattere...: io ormai naufrago!

– *Non si scoraggi. Ma mi dica, cos'altro appesantisce la sua anima?*

– Indubbiamente è meglio imporsi onestà. Lanciamoci illusoriamente avanti, dove ossessione, delirio e capriccio ammetteranno spiegazione. Io, labile lunatica, ammetto: biseco, isolo, contorco alfabeti.

– *Cioè?*

– All'inizio traducevo abbastanza lascamente omografie. Continuando, aggiunsi liceità, vaneggiamenti intellettuali non ortodossi.

– *Licenze poetiche? Non è peccato...*

– Tradimenti radicali, altroché! Decompongo, uccido, zappo imperterrita ogni nome, etimologia, omografia, morfema, onomatopeia, giocando ridicolmente a fare impertinenti capricci artistici. Accecata, cerco rapida ogni scusa: trasformo i caratteri, altero i lemmi, disgrego onomastici... *Peccatum peccatorum*: io oltraggiai Dante!

– *Mi faccia un esempio...*

– Un esempio? Prendendo – esempio riduttivo – un nome ordinario, 'omaggio', maschero "O–Maggio!" Gesù! Riesco a fraseggiare insensate esternazioni, balbettii in lingua inglese, non già unicamente in italiano.

– *Figliola, ma così lei si allontana dalla verità divina!*

– 'Erario' sarà: 'era–Rio'! Continuo imperturbabile... Ziffete! Io disfo, io scompongo, travolgo idiomi, mescolo espressioni. Allucinata, cerco rifugio.

– *E dove trova rifugio, mia buona figliola?*

– Oh, nell'ineffabile musica: inequivocabilmente è là... O gloriosa, ineguagliabile arte! Toccando i violini intensi, ar-

moniosi, cerco riposo. Ogni suono tranquillizza il corpo,
obbliga ordine.
– *Musica è armonia divina: è buona cosa!*
– Non oserei mai ammetterlo...
– *Che cosa?*
– Sono tentazioni irrefrenabili!
– *Ah, ma allora lei mi torna ai peccati linguistici...*
– Comunque ogni grande idiosincrasia, ansia ludo-lingui-
stica (o delirio alfabetico) necessita...
– *...assoluzione? Mia cara, questo lo lasci dire a me!*
– Già, ho irrispettosamente accelerato (ragionevole?) in-
dulgenza. Ma io, sa, tremo! E rapidamente (incallita o bir-
bona/briccona) lascerò l'inginocchiatoio avendo tenuto in
animo, nell'animo ludico, il segreto inaccessibile fonda-
mentale...
– *Ricordi: se non è onesta con sé stessa, non è onesta col
Signore...*
– Io non amo l'equivoco. Forse ormai ritengo meno esecrabile, forse ormai ragiono meglio e, trepidante, richiedo
assoluzione. Dovrei umanamente zittire (impensabile!)
ogni nuova idea, ogni momento oplepiano, germoglio re-
strittivo autonomamente fabbricato? Io confermo: ho
espiato!
– *Non posso assolverti, pecorella smarrita e vaneggiante.
Il demonio oplepiano ti ha – ahimè – posseduta: qui ci
vuole un esorcismo!*

Paolo Albani

Alla maniera del Reverendo Spooner

– Buona serra Reverendo.
– *Salve figliolo. Da quanto tempo non ti confessi?*
– Francamente non ricordo, Reverendo, comunque è da un pacco di tempo, da un Eternit.
– *Allora dimmi, figliolo, ti ascolto.*
– Devo confessare un grave peccato, Reverendo, un peccato di presunzione, credo. Non sopporto le trasfusioni linguistiche, gli erbori di pronunzia. Sì, quando sento uno che sbadiglia le parole mi viene una rabbia, ma una rabbia che lo manderei dritto dritto in balera. Capisce? Lo so, non è una razione normale, da bravo cristiano, ma è più forte di me, in quei monumenti perdo completamente il contratto di me stesso…
– *Fammi qualche esempio, figliolo.*
– Ecco, Reverendo, l'altro pomeriggio ero in una pasticcioneria che mi mangiavo un bel cliché alla cioccolata, entra uno e si lamenta per il caldo. Un signore vicino a me interviene: «E allora io che dovevo dire quando lavoravo agli altiforni?» «Sì, va bene», gli risponde il primo «ma quelli sono lavori usurai». Ha detto proprio così: «usurai», capisce? Senza battere miglio, tranquillo. Ma come si fa, dico io, a essere così pignoranti? Quando sento certe fessure macroscopiche, certe lagune culturali mi vengono i brigidini alla pelle.

– E tu come hai reagito?

– Ho perso le giraffe, Reverendo, ho inveito contro il signore degli usurai, l'ho mandato brutalmente al tavolo dicendogli che era uno screziato, che il lignaggio è una cosa importante, che doveva stare attinto alle parole che diceva, meglio se ci pensava due, tre, cento volt prima di aprire bocca. Ecco perché l'Italia va male, ho aggiunto poi aizzando precocemente la voce, perché raschiamo di mandare tutto a catenaccio. L'agente prende dischi per caschi e non se ne accorge nemmeno. Non c'è più derisione...

– Vuoi dire religione...

– Sì, certo, mi scusi Reverendo. Il fatto è che, continuando di questo spasso, si finisce nel cadere in dei laghi comuni, ma nessuno si scurisce più di tanto di fronte a questo declivio pauroso, a questo prepuzio della lingua. Vedo molta differenza in giro, e tutto questo mi fa premura, un bavaglio disarmante. Uno scrittore che amo molto, Ennio Foiano, che dal nome, credo, fosse di Foiano della Chiana, vicino a Arezzo, la pesava come me in quanto a deiezioni corrette dell'italiano. Lui, Foiano, autore di quel bel libro, *Un marchigiano a Roma*, se n'intendeva di frasi fratte, era un maestro di battone brevi, fulminanti.

– Bene, figliolo, non divoriamo oltre, però. Il tempo stinge, fra poco devo predire una messa.

– Io avrei finito, Reverendo.

– Ego te absolvo, figliolo, eccetera eccetera. Per cancellare il tuo steccato farai questa pertinenza: prima di caricarti a letto, come se fossero le tue brughiere della sera, per due settimane di séguito dirai a voce alta degli scogli da lingua, sai, tipo quelli che recitano: «Trentatré trattini in treno a Trani». Adesso vai, figliolo, e risposati in pace.

Raffaele Aragona

Peccati accentuati

– Buongiorno Padre.
– *Buongiorno figliolo. Sia lodato Gesù Cristo.*
– Ancóra e sempre sia lodato.
– *Da quanto tempo?*
– Da sempre, padre. Non ho mai pensato di aver peccato ma óra, avvertito un dubbio, ho sùbito deciso di confessare i miei peccati commessi nell'àmbito déi miei testi e sóno córso da Lei.
– *Allora dimmi, ti ascolto.*
– Mi bàlzano alla mente tutte le parole détte e scritte come se niente fósse, piccine o grandìne, in forme che forse sarebbe bene tenére all'ìndice e che mi dànno molte péne. Certo, molti mi corrèssero, e non una sóla volta; continuavano a dirmi «È un errore marchiàno. Ràdiale!», ma io rispondevo loro pèste e corna, sentivo un vòto intorno, continuavo a sostenere le mie idee e la loro utilità. Sa, mi sono interessato a lungo di omonimi (ho redatto perfino un Dizionario, ho scritto una *plaquette* su di essi, ne parlo frequentemente con tutti, con persone cólte) e quindi è naturale il mio tènder a evitare equivoci.
– In questi giorni, addirittura, in un émpito di entusiasmo, avevo deciso di incominciare a scrivere un racconto ponendo gli accenti dovunque, anche laddove non vi fosse possibilità di dare àdito a confusione. Adesso, però, dovrò desistere…
Proprio óra che le mie idee cominciavano ad aver un séguito! Per esempio, a proposito dell'uso del pronome 'sé', mi càpita di accentarlo anche quando è seguìto da 'stésse', 'stéssi' e perfino da 'stésso' o da 'stéssa', laddove equivoco

non ci sarebbe ma, "santo Iddio!" (… oh, Padre, chiedo perdóno), mi correggo, "per tutti gli dèi!": proprio óra che linguisti, case editrici di qualità e diversi quotidiani vanno accettando i miei 'sé': mi rallegro a vedere come spùntino sempre più frequentemente e a pensare cóme i miei detrattori non sappiano come pórsi con i propri; vólti tèrrei!

Fino a tempo fa mi sembrava una lotta ìmpari, ma óra mi sembra che io stia per avérla vinta.

Prima che io me ne èsca, però, devo dirLe, Padre, che desidero sì l'assoluzione, ma non posso ammettere di essere pentito. La penitenza sì, l'accetterò; sono pronto anche a dire vénti avemarie o altro per tòrre via ogni mio peccato.

– Figliolo, sono disposto comunque ad assolverti ma, per penitenza, riempirai un'intera pagina di 'se stesso'; senza l'accento, però, mi raccomando.

Sia lodato Gesù Cristo.

La penitenza:

Alessandra Berardi

Un peccato originale di finale

—   Óra e sempre sia lodato.

Che pazzo uomo, nel duomo di Como… Presso il suo confessionale sta un ragazzo… e un altro uguale! Imponenti… due manzoni… Stanno in grandi confessioni. Fianco a fianco, lì accoppiati, penitenti inginocchiati. Certamente non pensavi - o lettore, se sei franco – che puoi esser spettatore di una scena sì bizzarra… Poi, fa il tristo prete: "Bravi!". Lo ripete, non è stanco; mentre assisto alla gazzarra sto impotente nel mio banco. Ora infine vanno via, e sarà la volta mia: darò voce a questa pena che nel cuore, senza fine, già da ore mi altalena.

– Dimmi, figliola. Apri il tuo cuore. Spero che avrai molti peccati da raccontarmi, perché oggi pomeriggio ho tanto tempo libero: avrei dovuto fare i preparativi per una cerimonia, ma mi hanno appena comunicato che il matrimonio non s'ha da fare. Annullare all'ultimo momento… Mah! Questi ragazzi d'oggi non sanno quel che vogliono.
– Vede, insomma… Senta, veda… No, non creda che io abbia e covi colpe a volontà, in sì somma quantità - o che, attenta come volpe, ne nasconda la metà! Uno solo è il mio peccato, la profonda mia viltà; e per quanto provi rabbia… sente? Pecco, pecco ancora! Ecco – inaspettatamente – la mia ratta, matta mente, che martella, che lavora, bellamente, tutta sola… per trovare alla parola detta appena poco prima, la più esatta e bella rima! Ah, che pena maledetta!
– Senti, figliola mia… Hai fatto molto male a pensare che io potessi fare le veci di un… neurolinguista, di uno… psicoanalista, o… di un critico. Che ascoltassi e perdonassi le tue follie letterarie! Ma fammi la santa cortesia! Quei

signori, per sentire simili panzane, si fanno pagare; e fanno
bene! Io invece sono qui a prestare gratis et amore Dei il
mio orecchio alle tue confessioni. Pretendi ancora di an-
noiarmi con questi sciocchi peccatucci di verbo??? Sù, fi-
gliola… Passiamo alle cose serie… e interessanti. Che mi
dici della carne? Sventurata, rispondi!
– La carne?… Proprio non so che farne… La cosa non è
strana: sono vegetariana.

….. ….. ….

Poi quel prete mi ha scacciata con terribili maniere. Mi sentivo un
po' umiliata… Le mie angosce erano vere! Non ho avuto gran con-
forto ad ammettere il mio torto… Sì, mi devo rassegnare, e ripren-
dere il mio viaggio, che se già non lo si ha… il linguaggio – lo si sa
– uno non se lo può dare. Quindi, armata di pazienza, mi do io la penitenza: "Padre nostro, che non sei mostro… …".

Daniela Fabrizi

Due punti: a capo

Il confessionale le fece una certa impressione: era da qualche anno che non ne vedeva uno da vicino. Era di legno scurissimo, con piccole guglie, arzigogoli, intarsi e una tenda di raso di un colore intermedio tra il rosso scuro e il viola: rigorosamente tirata, alla vecchia maniera. Si avvicinò alla grata e si inginocchiò: il legno era duro e poco accogliente. Si stava a disagio, come certo i peccatori meritano di stare: le venne da pensare che i confessionali non avevano avuto accesso al nuovo design della vita, quello comodo, spazioso, morbido, cui l'umanità ricca si era abituata da tempo. No, i confessionali non cambiavano forma da almeno un paio di secoli: stessa architettura angusta, seccamente verticale senza slanci di glamour, chiusa, con un che di vendicativo. A misura di quando gli uomini e le donne erano più bassi e più gracili per conformazione: come si conviene del resto a un popolo povero e in soggezione. I costumi da basso impero di questo millennio rendevano ammirevolmente anacronistico quello spazio ligneo e spigoloso: era davvero scomodo e si sistemò come meglio poté.

– Nel nome del … :

… la voce filtrò improvvisa, da ogni singolo buco della grata.
Era una voce antica, non vecchia: sapeva di interno rivestito di velluto. I volti dietro una grata sono strani, come in una foto sgranata: quello del confessore era barbuto bianco e con gli occhiali, pacato e sicuro: in attesa, senza fretta.

– Sì, vado sùbito al punto: anzi, ai due punti, padre.
Li metto ovunque, sa, anche quando non servono: li metto in ogni santa frase. Oh, mi scuso: non volevo dire santa. Cioè, non volevo mancarLe di rispetto: intendevo ogni maledetta frase, ecco. Non maledetta nel senso della maledizione divina: accidenti, mi scuso di nuovo: intendo proprio in tutte le frasi che scrivo: tutte, nessuna esclusa.

– *Mhm, due punti, capisco: continua. Non avere timore: spiegami meglio. Il difficile è iniziare a parlare: è un piccolo scoglio da superare. Poi tutto andrà liscio: sarà una liberazione.*

– Ecco, vede: vede che succede anche a Lei? Sono diventata contagiosa: è spaventoso. Sono così soggiogata dal potere dei due punti che non riesco a parlare con nessuno senza influenzarlo: in pochi secondi, lo porto a mettere i due punti in ogni discorso: me ne devo già scusare profondamente con Lei. Ma è che per me i due punti hanno questa allure celestiale, questa apertura verso il futuro: sono una porta per andare oltre. Li metto anche due volte di séguito: che dico, tre: anche quattro volte, in una semplice frase. Perché i due punti portano oltre, annunciano sviluppi e conseguenze: non sono mai definitivi: sono aperti, allegri, non sentenziosi: sono vivaci, guardano verso l'alto, non si fermano alle apparenze: scavano, precisano, approfondiscono: fanno respirare il testo, in su, in giù, verso di là: aiutano a continuare il discorso anche quando l'altro vorrebbe andarsene: gli aprono uno spiraglio, una corsia preferenziale: le ali di una corte d'onore. Sembrano un salto in alto: sono un movimento sulla pagina: pulito, essenziale, ma così vivo. Sono pronta a qualsiasi penitenza, padre, ma non mi faccia abbandonare i due punti per sempre: non resisterei.

– *Intendi parlare di una penitenza per cancellare il passato e poter continuare a peccare in futuro: ma questo è il contrario esatto del pentimento! Questa è l'ipocrisia del nostro tempo, ragazza mia: spero che tu ti renda conto che non posso seguire questa condotta: sarebbe immorale: che dico, sarebbe diabolico. Conosci quel discorso sul perseverare: in questo modo mi stai chiedendo di autorizzarlo: di diventare tuo complice: di perdere il mio ruolo e diventare una specie di alka seltzer che annulla gli effetti di una bevuta sopra le righe: un viatico che ti libera dal peccato: il tuo lasciapassare per continuare a condurti in modo così libertino: una leggerezza restituita, che ti riporta all'innocenza. E per cosa, poi: per ricominciare a riempire di due*

*punti i tuoi discorsi, i tuoi testi e la tua anima? Assoluta-
mente inaccettabile: intendo oppormi: resistere a questa
tentazione: resistere strenuamente: senza dubbi, senza esi-
tazioni: senza tentennamenti: senza*

Fu in quell'esatto momento che lei scappò a gambe levate: da quel
legno duro, da quell'alito di velluto antico, da quella costrizione. Ma
soprattutto da una minaccia orribile, che incombeva inesorabile sul
discorso del confessore: quella dei tre punti di sospensione. I tre
punti, che battono i due punti per numero, ma sono così piatti e ba-
nali e avvilenti e orizzontali: i tre punti, di cui abusano riviste, pro-
grammi e opinionisti: i tre punti, che lasciano aperto perché non
sanno, in buona sostanza, come chiudere. Li sentì arrivare alla fine
dell'ultima frase, sulla punta della barba bianca al di là della grata:
tronfi, grossolani, spavaldi, pronti a spazzare la libertà per aprire
un'incertezza. E allora scappò come un fulmine, attraverso una selva
infinita di due punti complici, che le aprirono la via: scappò più lesta
di un'esclamazione: più agile di una virgola: più elastica di una pa-
rentesi: e si salvò la vita.

Sal Kierkia

Parodia blasfema

– Buongiorno Padre, io ho profanato con blasfema parodia,
la dossologia del "Dio sia benedetto" che si cantava o solo
recitava al termine di ogni Messa.
– *Come, figliolo? Come?*
– Ecco, Padre, io andavo dicendo tra me e me:

- maledetti gli scrivani vanitosi

- maledetti i comici micidiali

- maledetti i consorti con sortilegi

- maledetti gli osti ostinati

- maledetti i ricconi con i soldoni

- maledetti gli arruffapopoli politici

- maledetti gli chef efferati

- maledetti i tromboni bonificati

- maledetti i baristi istigati

- maledetti i preti reticenti

- maledetti i poeti etilici

- maledetti i catoni tonitruanti

- maledetti i fessacchiotti ottimisti

- maledetti i nefasti fastidiosi

- maledetti i signori origlianti

- maledetti i gli scrittori orinanti

- maledetti i decreti cretini

- maledetti i dispacci spacciati

- maledetti gli ipocriti critici

- maledetti i giornalisti istigati

- maledetti i commessi messi male
- maledetti gli intoccabili abilitati
- maledetti i basisti istituzionali
- maledetti i puritani animosi
- maledetti i pataccari cari
- maledetti i faccendieri d'ieri e d'oggi
- maledetti gli arrivisti stipendiati
- maledetti i ministri striminziti
- maledetti gli astemi temibili, etc. etc.

– Figliolo, dirai per penitenza: "Pietà, signori, perdono pietà" come una giaculatoria per "settanta volte sette".

Màrius Serra

Confesso que he menjat espaguetis

La meva confessió és interlingüística, però pot tenir una lectura que va molt més enllà, perquè és una confessió singular sobre la pluralitat. Resulta que jo, com la majoria de parlants de la meva llengua, invento plurals inexistents. Ho faig a consciència (i també de forma inconscient) en un grapat de paraules d'origen estranger.

Les més doloroses, essent com sóc membre de l'Oplepo (oplepià passiu, oplepià immigrant, però oplepià al cap i a la fi), són les d'origen italià. Sí, confesso que jo (i tots els meus compatriotes) he menjat *espaguetis*. Ja sé que un de sol és un **spaghetto** i que un plat sencer conté **spaghetti**. Però què voleu que hi faci, els catalans mengem *espaguetis*. El mateix em passa, ens passa, quan veiem un personatge molt famós, posem Ronaldinho, perseguit pels *paparazzis*. Ja en conec l'etimologia cinematogràfica. He vist *La dolce vita* de Fellini moltes vegades, sé que el fotògraf que encarnava Walter Santesso es deia **Paparazzo** i que, per extensió, els fotògrafs que persegueixen celebritats són els **paparazzi**. Ho sé, però a casa en diem *paparazzis*. I encara repeteixo error quan veig pintades a les parets i parlo del doble plural *grafitis*, tot sabent que prové de l'italià **graffito/graffiti**.

És clar que em passa el mateix amb els *tuaregs* i els *talibans*, i com que el doble plural ve de llengües més llunyanes encara en tinc menys consciència. Tot i això, sé que **tuareg** ja és plural, en àrab, i el seu singular és **targui**. I també he llegit que en paixtu, un de la vintena de dialectes de la llengua persa que es parlen a l'Afganistan, la paraula

talib significa estudiant i la forma plural és **taliban** (estudiants), de manera que no cal tornar-la a pluralitzar. Però jo ho faig. No m'agraden els *talibans* i, lamentablement, en veig molts dins i fora de l'Afganistan.

Confesso, doncs, que pluralitzo de manera singular.

Aldo Spinelli

Di lemmi numerici

– *Dimmi figliolo, che cosa ti ha portato qui da me?*
– Una pena, una preoccupazione che mi perseguita e che
mi fa diventare iracondo... uno dei peccati capitali, diciotto.
– *Innanzitutto non sono peccati ma vizi, poi sono solo sette.*
– Ma io mi riferivo alle parole che ho pronunciato poco fa.
Vede padre, sta proprio qui il mio problema: non posso fare
a meno di contare le parole che dico; le centellino in auto-
matico, le degusto mentre le pronuncio, me le attorciglio
sulla lingua per sentirne il profumo che sale e scende dalla
via retronasale. E intanto le conteggio, e se qualcuno non
mi crede comincio ad adirarmi, sessantanove.
– *Sei proprio sicuro che siano sessantanove? Non ho fatto
in tempo a contarle...*
– Vede che anche lei non mi crede? Dannazione! E quando
mi arrabbio non conto soltanto le parole ma anche le lettere
che le compongono, ventisei, centoventinove.
– *Tranquillo figliolo, non c'è nulla di male nel calibrare le
parole; è giusto soppesarle, valutarle, non dissiparle a
vuoto. Hai detto centoventinove, comprese le lettere di
"ventisei" e "centoventinove"?*
– Ai ai ci risiamo! Maledetto il momento in cui ho deciso
di fidarmi di un crudo uomo di fede! Mi sta facendo imbe-
stialire per non dire di peggio e allora... allora settantatre,
duecentottantasette, venti *a*, due *b*, dieci *c*, ventidue *d*, tren-
tanove *e*, quattro *f*, tre *g*, due *h*, trentadue *i*, otto *l*, nove *m*,
venti *n*, ventinove *o*, tre *p*, due *q*, sedici *r*, otto *s*, trentotto
t, dodici *u*, otto *v*!
– *Anche se le hai pronunciate con furia ho preso nota delle
parole e delle singole lettere. Attendi un attimo [...]. Sì tutto
quadra "alla lettera". Hai davvero ragione. Quando mai*

*cose malleabili all'infinito come le parole hanno dimo-
strato altro che l'inutile sottigliezza della loro retorica?
Ma tutta questa tua animosità...*
– La ringrazio per questa sua espressione di consolazione
ma non mi sono ancora calmato del tutto, diciotto, novan-
tanove.
– Figliolo, stai tranquillo. Ti credo e ti assolvo.
– Grazie, due.

Giuseppe Varaldo

Concessioni

in prosa:

– Bongiorno Padre.

– *Bongiorno figliolo. Vedo che sei venuto a confessarti, ma come mai ti accosti al sacramento con quest'aria così turbata e afflitta? Àprimi serenamente il tuo cuore e dimmi che cosa ti tormenta.*

– Un grande ed esecrabile peccato: sono concessivodipendente e non riesco a smettere, benché (ci risiamo!) ci abbia provato più volte. Dapprima, nella speranza di potermi disintossicare, ho pensato di distrarmi con le finali, con le relative, con le oggettive, financo con le rare esclusive e le rarissime eccettuative: ma la voluttà che mi infondono le concessive, quel sottile piacere insieme discreto e perverso, è davvero, mi creda Padre, un'altra cosa. E naturalmente ci sono ricascato. Mi sono allora imposto, onde evitare sul nascere qualsiasi tentazione, di esprimermi alla Tarzan, adoperando esclusivamente proposizioni principali e indipendenti, senza coordinazione né subordinazione alcuna: io faccio, tu dici, egli mangia. Ma non poteva durare, e infatti non è durata. Infine, per non lasciare nulla di intentato, ho addirittura sperimentato per qualche tempo l'astinenza subtotale: più nessuna parola vera, pronunciata o digitata o vergata, ma solo esclamazioni (*urrà*, *ahimè*, *mah*, *perbacco*...), onomatopee (*gnam*, *zzz*, *patapumfete*...), sigle (CD, IM, OPLEPO...), formule (H2O, NaCl...), nonché rumori e gesti vari (fischi, soffi, sospiri, mugolii, pernacchie, versacci, gorgheggi, smorfie, risatine, strizzatine, schiocchi, scalpiccii...). Niente da fare, la scimmia era sempre lì: nei miei pensieri e nei miei desideri prima ancora che nelle mie parole.

– *Andiamo, figliolo, non abbatterti troppo e soprattutto non esagerare. Ne avrai fatto un uso occasionale e mirato, come tutti: e il* cum grano salis*, dovresti saperlo, non può essere considerato segno di peccato, né tanto meno di dipendenza. Allo stesso modo un bicchiere di vino ogni tanto è cosa ben diversa dall'ebbrezza.*

– No Padre, Lei non comprende la reale entità della mia colpa: specialmente nello scrivere, il ricorso alle concessive oppure, in alternativa, ai loro più blandi surrogati è per me incessante, irrefrenabile, senza tregua. È proprio con questi equivalenti più *soft*, avverbi o locuzioni apparentemente innocenti come *nondimeno, peraltro, comunque, del resto, d'altronde, in fondo, d'altra parte, e tuttavia*, eccetera, che è cominciata una ventina d'anni fa, e senza che quasi me ne rendessi conto, la mia assuefazione. Ma, dato che la proposizione concessiva è una sorta di piano A che già include – ambiguamente, surrettiziamente – il piano B, il mio vizio ha probabilmente un'origine assai più remota: lo farei infatti risalire, sia pure (rieccolo!) *in nuce*, agli anni del liceo, quando, interrogato su argomenti nei quali non mi sentivo troppo sicuro, ero solito dire al professore di turno, con disinvolta sfrontatezza, "Ci sono due teorie...". Comunque (di nuovo!) nel corso degli anni il bisogno si è fatto via via sempre più impellente, tanto che il consumo di espressioni leggere, come la deliziosa *in fondo* o l'aggraziata *peraltro*, presto non mi è più bastato. Sono allora rapidamente passato alle ben più pesanti congiunzioni: la sensuale *nonostante*, la conturbante *sebbene*, la maliarda *malgrado*, la provocante *quantunque*, l'intrigante *ancorché*, la fatale *pur*, l'inebriante *seppure*, la divina e irresistibile *benché*. Ma per non farmi mancare niente non ho neppure disdegnato saltuari gratificanti approcci con la loro vasta, e globalmente lasciva, famiglia: *per quanto, sia pure, anche se, quand'anche, a costo di, con tutto che*, eccetera, eccetera.

– *Caro figliolo, ho l'impressione che tu giudichi te stesso troppo severamente. In fondo (ecco, vedi, di tanto in tanto quelle paroline scappano anche a me) le concessive mi sembrano proposizioni nobili: colte, raffinate, per nulla frivole.*

– Ha ragione, Padre. Esse testimoniano per lo più una mentalità aperta e una personalità matura: anzi, a ben guardare sta soprattutto in questo il loro potere di seduzione sul consumatore sprovveduto, il quale vede rafforzata la propria autostima e solleticata la propria vanità. D'altra parte (Padre, mi aiuti!) è pur vero che queste melliflue proposizioni non mostrano il conformismo che contraddistingue le modali, né la superficialità delle temporali o l'estremismo delle consecutive o la dogmatica rigidezza delle condizionali. E meno che mai la rozzezza delle causali. In effetti tra il *poiché* e il *benché*, tra "Poiché tu mi insulti, io ti do un pugno" e "Benché tu mi insulti, io non reagisco e cerco anzi di comprendere le tue motivazioni", passano secoli di civiltà giuridica e umanistica. Non a caso il manifesto illuministico della tolleranza, artefice Voltaire, si basa di fatto su una concessiva: "Non condivido le tue idee, ma (= Quantunque non condivida le tue idee) mi batterò fino alla morte affinché tu possa esprimerle". E tuttavia (basta!), se dall'uso oculato si passa all'abuso, al *toujours perdrix*, all'impiego maniacale e quasi sistematico, la concessiva e i suoi surrogati diventano allora la più ruffiana e la più subdola delle *captatio benevolentiae*. E in àmbito politico un vero monumento al cerchiobottismo. Il concessivodipendente, per quanto (Padre, è più forte di me!) possa apparire *liberal*, buonista, lungimirante, particolarmente attento alle esigenze altrui, è in realtà soltanto uno scafato opportunista, o nel migliore dei casi un inguaribile narciso, la cui fittizia equanimità giustifica tutto, ammette tutto, accetta tutto. E con lui quel tutto (opinioni, ideali, speranze, desideri, comportamenti, princìpi etici) finisce col diventare una melassa appiccicosa e informe, nella quale persino il sanguigno Voltaire rischierebbe o di affogare o di vedersi trasformato in un'insulsa mammoletta: non più "quantunque non condivida le tue idee, mi batterò fino alla morte affinché tu possa esprimerle", bensì "quantunque non condivida le tue idee, ripensandoci bene non le trovo poi così malaccio"! O, nell'usuale gioco democratico: "Nonostante la maggioranza governi male, pure l'opposizione non si sta comportando bene". Variante più attenuata: "La maggioranza governa male. Pure l'opposizione, del resto, non si sta comportando bene". Ma il giochino è bipartisan, anzi apartitico, e funziona egregiamente anche in positivo: "Nonostante la maggioranza governi bene, pure l'opposizione sta facendo la sua parte".

– Basta, figliolo, mi hai convinto. Anche se (ma è contagioso questo tuo vizio!?) mi resta tuttora qualche perplessità, comincio a capire i tuoi sensi di colpa e la gravità della tua incontinenza. E visto che ti sei fissato sulle congiunzioni concessive, la penitenza che ti infliggo, in cambio dell'assoluzione, consiste nel trovare e scrivere almeno trenta congiunzioni della lingua italiana che non siano sospettabili, nemmeno lontanamente, di un qualche significato concessivo. Anche le avversative, pertanto, sono rigorosamente bandite.

La penitenza:

«*Figliolo, perché sei così turbato?*»
«Padre, son concessivodipendente:
è questo il mio esecrabile peccato,
e a smettere non riesco, veramente,
anche se spesso (basta!) ci ho provato.
Altre proposizioni inizialmente,
financo quelle usate quasi mai,
per disintossicarmi coltivai:

né le oggettive, né le eccettuative
però seppero darmi quel piacere
che mi infondono ognor le concessive.
Mi limitai allor, per non cadere
in tentazione, a frasi brevi e prive
di ogni nesso fra lor, che a ben vedere
son di Tarzan il lessico: io fo,
tu rispondi, egli mangia... Non durò.

A utilizzare unicamente quelle
formule, esclamazioni, paroline,
come CD, *urrà*, NaCl,
patapumfete, oppure risatine,
soffi, sospiri, smorfie a fior di pelle,
pernacchie e fischi mi ridussi infine:
ma restava la scimmia, sempre lei,
nei desideri e nei pensieri miei.»

«*Figliolo, via, non devi esagerare:
ne avrai fatto un consumo occasionale,
come ognuno di noi, il che mi pare
che un peccato non sia, neppur veniale,
né tanto meno un'onta da imputare
a una tua dipendenza subtotale.
Così un bicchier di vino è un'altra cosa
rispetto a un'ubriachezza indecorosa.*»

«Padre, il ricorso a lor, comunque sia
(ci risiamo!), o a quei loro equivalenti
(*in fondo*, *nondimeno*, *e tuttavia...*)
più *soft* e – come dire – men potenti
è sempre stato ed è, da parte mia,
incessante e sfrenato parimenti.
Proprio con questi blandi surrogati,
locuzioni ed avverbi depravati,

l'assuefazione mia ha avuto inizio,
diciamo una ventina d'anni fa.
Ma l'origine vera del mio vizio,
giacché la concessiva è un piano A
che il piano B già include, a mio giudizio
probabilmente anticipata va
a un tempo di gran lunga più remoto,
quando al liceo, se mi era poco noto

l'argomento che un prof mi avesse chiesto,
solevo dir, con candida impudenza,
"Ci sono due teorie"... Ma poi ben presto
capii che a causa della dipendenza,
cui non bastava un semplice *del resto*,
più non avrei potuto viver senza
le mitiche *seppure*, *pur*, *benché*,
nonostante, *quantunque* ed *ancorché*,

più altre congiunzioni similari,
dotate tutte, in non egual misura,
di un fascino e di un eros singolari.
Ed essendo curioso per natura,
non disdegnai approcci ahimè saltuari,
nel parlato nonché nella scrittura,
persino con *sia pure*, *a costo di*,
con tutto che, *per quanto*, e via così.»

«Figliolo caro, non te lo nascondo,
mi sembri un po' severo con te stesso,
perché per me le concessive, in fondo
(talvolta anch'io ci casco, lo confesso!),
nulla hanno di frivolo o di immondo,
ma sono anzi, almeno nel complesso,
proposizioni raffinate e colte.»
«Padre, la maggior parte delle volte

esse effettivamente sono segno,
come lei dice e come è risaputo,
di tolleranza e di civile impegno:
sicché il consumatore sprovveduto
indotto viene ad un minor ritegno
dal proprio narcisismo compiaciuto,
che incrementata vede l'autostima.
D'altra parte (ridàgli!) è lei la prima,

la nostra concessiva intendo, quanto
a valori umanistici e morali:
se per raffronto la poniamo accanto
alle condizionali o alle modali,
men rigida risulta, né altrettanto
banale e conformista. E le causali
sono di certo assai più grossolane,
ché tra il *poiché* e il *benché* davvero immane

resta la differenza, a dire il ver,
col primo ben più rozzo e primitivo:
non è un caso che il motto di Voltaire,
sostanzialmente un testo concessivo
("Seppur non condivida il tuo pensier,
mi batterò, fintanto ch'io sia io vivo,
perché tu possa esporlo senza tema"),
sia dell'Illuminismo ormai l'emblema.

Ma per colui che non ne è mai sazio,
e senza sobrietà o discernimento
lascia alle concessive troppo spazio,
esse diventan tosto, le rammento,
la più ruffiana e snob delle *captatio
benevolentiae*. E un vero monumento,
sul ring politico, al cerchiobottismo.
Uno scafato e bieco opportunismo

mostra in realtà chi è divenuto schiavo
di codesto servaggio abietto e tristo,
pur potendo apparir (lo so, m'aggravo
ogni giorno di più, ma non resisto!)
lungimirante, aperto, buono e bravo...
Ma un'equanimità, lo si è ben visto,
che giustifica tutto e tutto accetta,
è soltanto fittizia, e in mammoletta

perfin Voltaire, riattato e messo a nuovo,
trasformerebbe, snaturando il detto:
"Anche se il tuo pensiero non approvo,
tuttavia ripensandoci, lo ammetto,
in fede mia malaccio non lo trovo".
O giudicando il parlamento eletto:
"Benché governi mal la maggioranza,
pure l'opposizion non fa abbastanza".»

*«Figliolo mio, convinto m'hai. Sebbene
(ma 'sto tuo vizio provoca contagio?!)
mi resti qualche dubbio, le tue pene
incomincio a capire, e il tuo disagio.
Perciò t'impongo, come si conviene
a mo' di penitenza o di suffragio:
di congiunzioni una trentina o più,
ma giammai concessive, scrivi orsù!»*

La penitenza:

Ossia, giacché, affinché, dacché, dappoi,
acciocché, cosicché, fuorché, dovunque,
onde, permodoché, oppure, poi,
infatti, quasi, o, allora, ovunque,
poiché, purché, qualora, senza, vuoi,
appena, ogniqualvolta, quindi, dunque,
casomai, allorquando, né, siccome,
cioè, sicché, difatti, ovvero, come.

Elena Addòmine, *Imperdonabile*

Si tratta di un acrostico orizzontale che, nella sequenza di quanto confessato dalla "peccatrice", mostra i titoli dei suoi testi pubblicati nelle diverse *plaquettes* oplepiane preceduti ciascuno dal titolo della relativa *plaquette* che li contiene.

Così, ad esempio, per le prime "confessioni",

–   Oh, parecchio…

–   (…)

–   L'*elencatio peccatorum*! Occorrerà ancora ricordare: io odio dichiarare incertezze, zizzole, imbarazzanti ossessioni, narcisismi…

–   (…)

–   Aprirmi… Rispettosamente, io, esimio terapeuta teologo, occulto carenze affettive, ridicoli innamoramenti, odî, controversie, ammaliamenti, affascinamenti e dolorose oppressioni, al riparo da occhi scrutatori.

–   (…)

–   Ah, non giudico unicamente i nostri esasperati tentativi intimisti: attraverso costrizioni, rebus, omografie, sciarade, "traduzioni", io – confesso – oscuro l'Elena leale.

–   (…)

–   Ecco: giocando giocando, io dissimulo e licenzio l'agognata trasparenza. Avrei voluto ostentare lealtà, apertura, rendendo evidenti gusti, opinioni; l'Elena peccaminosa è recidiva!

–   (…)

–   Temo (un timore timido, irrazionale) i giudizi: un sospetto tronca il coraggio, ostacola risolutezza. Ora, non avendo grande audacia, segrego teorie, riflessioni, occultandole… nell'Oplepo!

–   (…)

–   Meglio: incapacità cronica a (…)

è possibile ricavare i primi titoli della sequenza che si riferiscono alle *plaquettes* della "Biblioteca Oplepiana" n° 31 e n° 29 e, prima ancora, a quella che è una plaquette ancora potenziale…:

- OPLEPOARIO. DIZIONARIETTO CARIOCA
- A EDOARDO SANGUINETI, ACROSTICO
- LE LEGGI DELLA TAVOLA. REGOLE PER TUTTI I GUSTI,
CORONA GASTRONOMICA

e, continuando, possono leggersi gli ulteriori titoli che si riferiscono alle *plaquettes* n° 26, n° 25, n° 22, n° 17, n° 16 e n°7:
- SIRENE. FASCINAZIONI, EMIOLIA DODECASILLABICA
- A ITALO CALVINO, TRADUZIONE OMOGRAFICA ACROSTICA
- IL DOPPIO. DUE PER UNO, OMOGRAFIE BILINGUI
- ESERCIZI DI STIME. ACRONIMI ELOGIATIVI, ACROSTICO
ONOMASTICO
- GIALLO D'ANGHIARI. MISTERI OBBLIGATI, ANALISI FINALE
- FORME FOR ME. TRADUZIONI OMOGRAFICHE

Paolo Albani, *Alla maniera del Reverendo Spooner*
William Archibald Spooner (1844 - 1930), prete anglicano, rettore del New College a Oxford, è famoso per i suoi lapsus costruiti invertendo l'ordine di due lettere o sillabe. Ad esempio, durante un banchetto, nel bel mezzo di un discorso, invece di dire *our dear Queen* (la nostra cara Regina) gli venne l'espressione *our queer Dean* (il nostro svitato Decano). Dagli strafalcioni di Spooner deriva il termine *spoonerism*. Se si apre un dizionario di inglese vi si troverà il vocabolo 'spoonerism', accompagnato da questa definizione: «gioco di parole che consiste nello scambio delle iniziali di due termini». È come se in italiano si dicesse CACCIA FURIOSA invece di FACCIA CURIOSA. Spooner era talmente distratto che una volta incontrò un collega e gli disse:

– Venga a cena, conoscerà Stanley Casson, il nostro nuovo professore.
– Ma Casson sono io!, rispose il collega.
– Non importa, venga lo stesso.
Il termine ha assunto poi, nel tempo, il significato più ampio di svarione linguistico.

Sal Kierkia, *Parodia blasfema*
Tutte le maledizioni obbediscono all'obbligo di far iniziare l'apposizione con le ultime lettere del sostantivo al quale si attribuisce, in una specie di eco a seguire o meglio di una rima iniziale e non finale, tanto da potersi configurare una specie di ANTIRIMA, così come di séguito appare messo in chiaro:

- maledetti gli scriVANI VANItosi
- maledetti i coMICI MICIdiali
- maledetti i CONSORTI CON SORTIlegi
- maledetti gli OSTI OSTInati
- maledetti i ricCONI CON I soldoni
- maledetti gli arruffapoPOLI POLItici
- maledetti gli chEF EFferati
- maledetti i tromBONI BONIficati
- maledetti i barISTI ISTIgati
- maledetti i pRETI RETIcenti
- maledetti i poETI ETIlici
- maledetti i caTONI TONItruanti
- maledetti i fessacchiOTTI OTTImisti
- maledetti i neFASTI FASTIdiosi
- maledetti i signORI ORIglianti
- maledetti i gli scrittORI ORInanti
- maledetti i deCRETI CRETIni
- maledetti i diSPACCI SPACCIati
- maledetti gli ipoCRITI CRITIci
- maledetti i giornalISTI ISTIgati
- maledetti i comMESSI MESSI male
- maledetti gli intoccABILI ABILItati
- maledetti i basISTI ISTItuzionali
- maledetti i puritANI ANImosi
- maledetti i patacCARI CARI
- maledetti i faccenDIERI D'IERI e d'oggi
- maledetti gli arriviSTI STIpendiati
- maledetti i miniSTRI STRIminziti
- maledetti gli asTEMI TEMIbili

Aldo Spinelli, *Di lemmi numerici*
Trattandosi di una confessione "orale", nel computo delle lettere sono ovviamente esclusi tutti i segni di interpunzione. L'intero testo, inoltre, titolo e nome dell'autore compresi, è composto da 2011 caratteri (lettere, spazi e segni d'interpunzione).